westermann

Durchblick
Basis

Geschichte · Politik

9/10

Erarbeitet von Heike Schuster

Bildnachweis

|@ Villa Seligmann: 30.3. |akg-images GmbH, Berlin: 25.1, 25.3; Science Source 25.2. |Alamy Stock Photo, Abingdon/ Oxfordshire: Imagebroker 30.2; Lopeman, Peter 32.1. |Amnesty International Deutschland e.V., Berlin: Privat 63.1. |bpk-Bildagentur, Berlin: Bayerische Staatsbibliothek/Heinrich Hoffmann 8.1. |Bundesministerium der Justiz und Verbraucherschutz, Berlin: 43.1, 43.2, 43.3. |dreamstime.com, Brentwood: Sandybronima 55.3. |Gedenkstätte Deutscher Widerstand, Berlin: 10.1, 12.1. |Glücklicher Montag - AGM Leipzig GmbH, Leipzig: 50.1. |Haus der Geschichte der Bundesrepublik Deutschland, Bonn: Szewczuk, Mirko/I. Szewczuk-Zimmer 22.1; Victor Weisz 16.1. |Historisches Museum Hannover, Hannover: 30.1. |LIO Design GmbH, Braunschweig: Titel. |Picture-Alliance GmbH, Frankfurt/M.: AP Photo/Amarasinghe, Gemunu 55.1; Bäuml, Lucas 34.1; dpa/afp 28.1; epa Weda 55.2. |Schwarz, Thies, Hannover: 26.1, 26.2, 26.3, 26.4, 26.5, 26.6, 47.1, 47.2, 47.3, 48.1, 48.2, 48.3, 48.4, 48.5, 48.6, 48.7, 48.8. |Schweizerisches Sozialarchiv, Zürich: Paul Brassel 64.1. |SPD-Unterbezirk Hameln-Pyrmont, Hameln: Photostudios Blesius,Ostertorwall 34.2. |toonpool.com, Berlin, Castrop-Rauxel: Koufogiorgos, Kostas 36.1. |ullstein bild, Berlin: Friedrich, Brigitte 20.1; Mehner, Klaus 29.1; TopFoto 5.1.

Titel: Mauer-Denkmal (Stadt Braunschweig)
Foto: Hanno Keppel

Druck A[2] / Jahr 2023
Alle Drucke der Serie A sind im Unterricht parallel verwendbar.

Die Seiten dieses Produkts bestehen zu 100 % aus Altpapier.

Damit tragen wir dazu bei, dass Wald geschützt wird, Ressourcen geschont werden und der Einsatz von Chemikalien reduziert wird. Die Produktion eines Klassensatzes unserer Arbeitshefte aus reinem Altpapier spart durchschnittlich 12 Kilogramm Holz und 178 Liter Wasser, sie vermeidet 7 Kilogramm Abfall und reduziert den Ausstoß von Kohlendioxid im Vergleich zu einem Klassensatz aus Frischfaserpapier. Unser Recyclingpapier ist nach den Richtlinien des Blauen Engels zertifiziert.

Redaktion: Kerstin Graham
Druck und Bindung: Westermann Druck GmbH, Georg-Westermann-Allee 66, 38104 Braunschweig

ISBN 978-3-14-110350-2

Inhalt

Geschichte

Politik

Demokratie in Deutschland 34

Die Europäische Union 42

Umwelt und Wirtschaft: gegen- oder miteinander? 50

Erreichen wir eine grenzenlose Sicherheit? 58

Auf dem Weg zur totalen Macht – eine Karikatur erschließen

THE TEMPORARY TRIANGLE.

VON HINDENBURG AND VON PAPEN (*together*)—
"FOR HE'S A JOLLY GOOD FELLOW,
FOR HE'S A JOLLY GOOD FELLOW,
FOR HE'S A JOLLY GOOD FE-EL-LOW,
(*Aside:* "Confound him!")
AND SO SAY BOTH OF US!"

M1 „Das vorübergehende Dreieck" (Karikatur aus der britischen Zeitschrift Punch, Februar 1933)

1 a) Wer wird in der Karikatur dargestellt? Beschrifte die Personen.

- Franz von Papen (Vize-Kanzler)
- Paul von Hindenburg (Reichspräsident)
- Adolf Hitler (Reichskanzler)
- Anhänger Adolf Hitlers

Übersetzung

DAS VORÜBERGEHENDE DREIECK

Von Hindernburg und von Papen (*gemeinsam*)

„Weil er ein guter und lustiger Freund ist …

(*Nebenbemerkung:* „Verhindert ihn!")

Und das sagen wir beide!"

b) Beschreibe die Karikatur.

Gesichtsausdruck
überrascht
gequält
aggressiv
energisch
willensstark
überrumpelt

Körperhaltung
geduckt
gebeugt
kraftvoll
dynamisch
aggressiv

Die NS-Diktatur in Deutschland

Haltungen gegenüber der NSDAP – Erinnerungen eines Zeitzeugen auswerten

... Mein ältester Bruder Franz hatte keine Arbeit und war unzufrieden mit sich und der Welt. Immer wieder ging er zu politischen Versammlungen. Dabei gab es auch wohl Schlägereien, denn viele Male kam er mit Verletzungen nach Hause. „Die Polizei hat uns brutal auseinandergetrieben!", berichtete er mehrmals empört. Wenige Wochen später verkündete er zu Hause: „Die Demokratie der Weimarer Republik ist Unsinn. Das deutsche Volk hat eingesehen, dass es einen starken Führer braucht. Er führt unser Land zu größerer Stärke als jemals vorher. Das deutsche Volk ist stark. Es wird unter der Führung von Adolf Hitler allen Ländern zeigen, dass es ohne Waren und Lebensmittel aus dem Ausland auskommt und sich selbst versorgen kann. Freundschaft mit anderen Völkern wird es nicht mehr geben. Das deutsche Volk ist den anderen Völkern überlegen, alle anderen sind minderwertig.
Die Idee, dass es überall in der Welt Frieden geben soll, ist dummes Geschwätz und eine Erfindung der Juden. Die Juden sind ein Volk ohne Geist und ohne Kultur. Sie haben in Deutschland nichts mehr zu suchen. Es ist die Schuld der Juden, dass Deutschland so hohe Reparationszahlungen leisten muss. Damit ist jetzt Schluss. Ich bin heute in die Nationalsozialistische Deutsche Arbeiterpartei eingetreten. Unser Führer Adolf Hitler sorgt dafür, dass ich Arbeit bekomme. Jetzt werden endlich wieder andere Verhältnisse einkehren. Das Deutsche Reich wird der Welt zeigen, wie überlegen es den anderen Ländern ist!", schloss mein Bruder.

Entsetzt schauten Vater und Mutter meinen Bruder an. „Die Juden sollen Schuld haben, dass der Krieg verloren ist?", fragte Vater. „Der Kaiser war es, der das Unheil angerichtet hat. Und dass wir ohne Waren aus dem Ausland auskommen, ist purer Blödsinn. Hunger und Elend sind doch nur dadurch so groß, weil aus dem Ausland keine Lebensmittel mehr kommen, und für die Fabriken keine Rohstoffe wie zum Beispiel Eisenerz. Wenn du mich fragst: Aus allen Reden dieses Adolf Hitler sind nur Hetze gegen das Ausland und Hass gegen die Juden zu hören. Die Juden sind doch genau solche Menschen wie du und ich! Sie haben nur einen anderen Glauben als wir!"

„Du, lass das bloß keinen hören! Wenn du so was sagst, kommst du ins Gefängnis!", rief mein Bruder. „Das wird ja immer schlimmer! Mein eigener Sohn verbietet mir, meine Meinung zu sagen! Was für eine Regierung ist das, die den Leuten verbietet zu sagen, was sie denken? Das ist Diktatur wie in Russland! Da darf auch keiner sagen, was er denkt!", empörte sich mein Vater. „Alle aus unserer Familie, die keine Arbeit haben, denken wie der Führer! Frag mal die anderen! Der Fritz und der Karl tragen schon längst die braune Uniform. Noch einmal, Vater: Sei vorsichtig, was du sagst!"
Dann ging er fort. Meine Eltern blieben ratlos zurück. Ich hatte durch die dünne Wand das Gespräch mitgehört. Vieles verstand ich nicht, aber so viel doch: Mein Bruder war Anhänger der Partei, mein Vater war gegen sie. Meine Mutter hielt sich aus dem Gespräch heraus.

Zit. nach: Scheller, Heidrun (Hg.): Erzählte Geschichte des 20. Jahrhunderts. Teil 1: 1900-1945, Braunschweig 2008, 106f.

M1 Der Zeitzeuge Herr Hahn erinnert sich an ein Gespräch zwischen seinem Bruder Franz und seinen Eltern.

1. Lies den Text genau durch und formuliere Zwischenüberschriften.
2. Unterstreiche im Text die Argumente für bzw. gegen die Politik der NSADP von Franz in Grün und des Vaters in Blau.

3 Stelle die Ergebnisse in der Tabelle gegenüber.

Argumente von Franz	Argumente des Vaters

4 Herr Hahn belauschte als Kind das Gespräch zwischen seinem ältesten Bruder Franz und den Eltern. Vermute,

a) wie er die Situation als Kind damals beurteilt hat.

b) wie er die Situation als Erwachsener nach dem Krieg heute bewertet.

Die eigene Meinung formulieren und begründen

Aus damaliger Sicht ...

Aus heutiger Sicht ...

Ich bin der Meinung, dass ... , weil ...

Ich finde, dass ... , denn ...

Meiner Ansicht nach ... , da ...

Ich bin der Überzeugung, dass ..., weil ...

Der Führerkult – ein Propagandafoto deuten

Das Foto M1 stammt von Heinrich Hoffmann und wurde auf Adolf Hitlers Landsitz auf dem Obersalzberg in den bayrischen Bergen aufgenommen.
Das Mädchen hieß Bernhardine Nienau, genannt Bernile. Von ihr und Hitler hat Hoffmann verschiedene Aufnahmen gemacht, die zu Propagandazwecken veröffentlicht wurden.
Das Bild M1 erschien als Postkarte.

Im Mittelpunkt ...
Im Vordergrund erkennt man ...
Im Hintergrund ...
Der Fotograf ...
Es ist nicht bekannt, ...
Der erste Eindruck, den das Foto vermittelt, ist ...

M1 Adolf Hitler mit einem Mädchen (Postkarte, 1934)

1 Beschreibe das Foto.

2 Arbeite die Wirkung des Fotos heraus.
Tipp: Achte auf die Körperhaltung, den Gesichtsausdruck, Blickrichtung und Kleidung.
Welche Wirkung soll beim Betrachter erzielt werden?
Was wird nur unbewusst wahrgenommen?
Was könnte eine politische Aussage sein?

Methoden erlernen

3. Das Foto wurde als Postkarte veröffentlicht.

a) Vermute, von wem und aus welchem Anlass eine solche Postkarte verschickt wurde.

b) Begründe, warum es sich um ein Propagandafoto handelt.

c) Vermute, warum dieses Foto als Postkartenmotiv ausgewählt wurde.

Widerstand gegen den Nationalsozialismus – Fallbeispiele vergleichen

Hanno Günther

- geboren am 12. Januar 1921 in Berlin
- wuchs in Berlin auf
- ab 1928: Hanno besuchte die Rütli-Schule in Berlin-Neukölln.
- seit 1929: Hanno war Mitglied einer kommunistischen Jugendgruppe.
- 1936: Hanno begann eine Bäckerlehre. Zu der Zeit lernte er Elisabeth Pungs kennen, mit der er gemeinsam Flugblätter mit dem Titel „Das freie Wort“ schrieb und verteilte. Ihre Forderungen waren Meinungsfreiheit und Frieden.
- Anfang 1941: Dagmar Petersen und andere ehemalige Schüler der Rütli-Schule schlossen sich dem Widerstandskreis um Günther an.
- 2. April 1941: Hanno wurde zur Wehrmacht eingezogen.
- 28. Juli 1941: Festnahme durch die Gestapo
- 9. Oktober 1942: Verurteilung zum Tode durch den Volksgerichtshof
- 3. Dezember 1942: Hinrichtung in Berlin-Plötzensee

M1 Informationen zu Hanno Günther

1 Fasse die Informationen so zusammen, dass du deinem Partner Hanno Günther vorstellen kannst.

Zur Person:

Ich stelle dir ______ vor. Geboren ist er ______.

Hingerichtet ______.

Er wurde also nur ______ alt.

Zu Familie und Freunden:

Aufgewachsen ist ______

______

______

______

Zum politischen Interesse:

______

______

______

______

Zu den Folgen:

______

______

Die NS-Diktatur in Deutschland

2 a) Lies das Flugblatt durch und unterstreiche wesentliche Informationen.
b) Notiere Stichworte neben dem Text.

... Wir wollen einen gerechten und dadurch dauerhaften Frieden! Wir wollen die Freiheit der Meinung und des Glaubens! Wir wollen die Freiheit der Arbeit! Wir wollen die Verhinderung kommender Kriege durch die Verstaatlichung der Rüstungsindustrie und die Einziehung der Kriegsgewinne! Wir wollen die Schaffung einer wahren Volksvertretung!!! Deutscher! Bekenne Dich zu diesen Forderungen! Sprich mit zuverlässigen Kameraden über sie! Gebe dieses Flugblatt weiter, und wenn Dir eine Schreib- oder Vervielfältigungsmaschine zur Verfügung steht, so verbreite unsere Forderungen! ...

M2 Flugblatt von Hanno Günther

a) Forderungen:

b) Aufforderung:

3 a) Lies den Tagebucheintrag von Elisabeth Pungs.
b) Elisabeth fragt sich: „Woher hat der Junge diese Haltung? Er hat doch noch gar nicht gelebt." Notiere deine Gedanken zu dem Zitat.

Ich sehe Hanno vor mir, blass, aber in seelischem Gleichgewicht, wie er mit dem Finger zwischen Hals und Kragen entlangfährt, er wollte mir wohl damit bedeuten, dass er mit einem Todesurteil rechnet. Woher hat der Junge diese Haltung? Er hat doch noch gar nicht gelebt.

M3 Elisabeth Pungs beschrieb in ihrem Tagebuch, wie Hanno sich vor dem Volksgerichtshof verhielt.

Erarbeitet die Seiten 10 – 13 arbeitsteilig und wertet eure Ergebnisse gemeinsam aus.
1. Stellt euch gegenseitig eure Ergebnisse vor.
2. Macht Notizen zu der Person, die euch von eurem Partner vorgestellt wird.
3. Besprecht, was die Jugendlichen gemeinsam haben und was unterschiedlich ist.
4. Nehmt Stellung zu der Tatsache, dass heute Straßen oder Schulen nach Widerstandkämpfern benannt werden.

Partnervortrag

Helmuth Hübener

- geboren am 8. Januar 1925 in Hamburg
- wuchs bei den Großeltern in Hamburg auf
- 1938: Helmuth trat in das Jungvolk und anschließend in die Hitlerjugend ein. Konflikte mit der NS-Jugendorganisationen werden deutlich; Kritik an Pogrom gegen Juden und deren Verfolgung und Ausschluss aus dem öffentlichen Leben
- 1938–1941: Hanno besuchte die Mittelschule Brackdamm, Abschluss: Mittlere Reife (heute: Realschulabschluss)
- ab März 1941: heimliches Hören des britischen Rundfunks über die deutsche Kriegsführung
- ab Sommer 1941: heimliches Verfassen und Verteilen von Flugblättern gegen die Politik Hitlers; unterstützt durch seine Freunde Karl-Heinz Schnibbe und Rudolf Wobbe
- April 1941: Helmuth begann eine Ausbildung zum Verwaltungsangestellten an der Hamburger Sozialbehörde
- 5. Februar 1942: Festnahme durch die Gestapo in Hamburg
- 28. Mai 1942: Anklage vor dem Volksgerichtshof wegen Hochverrats und Vorbereitung, die Verfassung mit Gewalt zu ändern
- 11. August 1942: Verurteilung zum Tode
- 27. Oktober 1942: Vollstreckung des Todesurteils in Berlin-Plötzensee

M1 Informationen zu Helmuth Hübener

1 Fasse die Informationen so zusammen, dass du deinem Partner Helmuth Hübener vorstellen kannst.

Zur Person:

Ich stelle dir ______________________ vor. Geboren ist er ______________________.

Hingerichtet ______________________.

Er wurde also nur ______________________ alt.

Zu Familie und Freunden:

Aufgewachsen ist ______________________

____

____

____

Zum politischen Interesse:

____

____

____

____

____

Zu den Folgen:

____

____

2 Unterstreiche wesentliche Informationen und notiere Stichworte neben dem Text.

HITLERJUGEND – Deutsche Jungen, seid ihr euch überhaupt bewusst, was die H.J. ist und welche Ziele sie verfolgt? ... Eure selbstherrlichen Führer und Unterführer predigen immer von Kameradschaft, während sie sich selbst aus dem Kreise der Kameradschaft ausschließen. Sie fühlen sich hier doch recht in ihrem Element, wenn sie die eingeschüchterten Jungen, wenn sie euch tyrannisieren können. ... Das ist also die weit und breit gepriesene H.J. Eine Zwangsorganisation ersten Ranges zur Heranziehung nazihöriger Volksgenossen. Hitler und seine Komplizen wissen, dass sie euch von Anfang an den freien Willen nehmen müssen, um gefügige, willenlose Elemente aus euch machen zu können. Denn Hitler weiß, dass seine Zeitgenossen ihn langsam zu durchschauen beginnen, ihn, den Unterdrücker freier Nationen, den Mörder von Millionen. Darum rufen wir euch zu: Lasst euch euren freien Willen, das Kostbarste, was ihr besitzt, nicht nehmen. Lasst euch von euren Führern – selbstherrlichen Königen im Kleinen – nicht unterdrücken und tyrannisieren, sondern wendet vielmehr der H.J., dem Werkzeug des Hitlerregimes für euren Untergang, den Rücken. Wir sind bei euch, und unsere Hilfe ist euch jederzeit gewiss! ...

M2 Flugblatt von Helmuth Hübener

a) Kritik:

b) Aufforderung:

3 a) Lies die Aussage von Herrn Meins durch.
b) Herr Meins fragt sich selbst: „Wie kam es zu dieser Widerstandstat? War sie nicht Dummheit?" Notiere deine Gedanken zu dem Zitat.

... Als Lehrer hat mich immer die Frage bewegt: Wie kam es zu dieser Widerstandstat? War sie nicht Dummheit? Nicht in ihrer Idee, sondern mehr in der Anlage. Er musste doch wissen, dass Widerstand zwecklos war. Aber man war vielleicht zu alt, um die Triebfeder erkennen zu können. Dass es viele Faktoren zu seinem Handeln gab, die von außen durch andere Personen und Ideen kamen, ist meiner Meinung nach sehr gut möglich. Was ihn über Nacht zum Widerstandskämpfer machte, wird man wohl nie erfahren. ...

M3 August Meins, der ehemalige Klassenlehrer von Helmuth Hübener (Ausschnitt aus einem Interview, 1961)

Partnervortrag

Deutschland nach dem Zweiten Weltkrieg – aus Textquellen Informationen entnehmen

Arbeitet in 3er-Gruppen.

1 Einzelarbeit:
a) Legt fest, wer welchen Text liest. Arbeitet in eurem eigenen Arbeitsheft.
b) Unterstreiche alle wesentlichen Informationen.
c) Schreibe jeweils in das passende Außenfeld des Placemat, welche Herausforderung die Menschen damals zu bewältigen hatten.

2 Gruppenarbeit:
a) Präsentiert nacheinander eure Ergebnisse und notiert die Informationen der anderen Gruppenmitglieder in eurem Arbeitsheft.
b) Vermutet gemeinsam, welche Probleme sich ergeben konnten.
c) Notiert eure Ergebnisse im Innenfeld.

Eines Tages hielt bei der Kirche ein Lastwagen mit Flüchtlingen. Eine dieser Familien, Eltern, Großeltern und drei Kinder, wurden in unser Haus eingewiesen. ... Unsere Stube mussten wir durch eine Trennwand teilen, damit die Flüchtlinge einen Schlafraum erhielten. Die Küche benutzten wir gemeinsam. Abends, wenn wir von der Feldarbeit müde und hungrig heimkehrten, wollte Mutter ein warmes Essen machen, gerade da kamen auch die Männer der anderen Familien nach Hause, die den Tag über in der Fabrik gearbeitet und mittags nur Brot gegessen hatten.

Landkreis Ludwigsburg (Hg.): Die Eingliederung der Vertriebenen in den Landkreis Ludwigsburg, Ludwigsburg 1986, S. 89. Zit. nach: Lienert, E.M. und W.: Tausendfach Einmaliges geleistet. Die Zeit des Wiederaufbaus. In: Praxis Geschichte 4 (2002), S. 14

M1 Ein Einheimischer berichtet über die Einquartierung von Flüchtlingen in den ersten Nachkriegsjahren.

Ich war bei der Straßenreinigung angestellt. Da gab es große Pferdewagen, auf die haben wir Steine geladen. Pferde gab es nicht mehr, deshalb mussten wir Frauen die Wagen ziehen und schieben ... Der Schutt wurde überall dahin gefahren, wo freie Plätze, Bombentrichter oder Mulden waren. ... Wir haben eine höhere Karte gekriegt, das war das Attraktive daran. Denn die Hausfrauenkarte, die ich zuerst bekam, das war wirklich zum Leben zu wenig ... 300 g Brot, glaub ich, gab es, soundso viel Gramm Salz und sieben Gramm Fett pro Tag.

Meyer, S./ Schulze, E.: Wie wir das alles geschafft haben. Alleinstehende Frauen berichten über ihr Leben nach 1945, München 1984, S. 97

M2 Eine Frau berichtet über ihre Arbeit als sogenannte „Trümmerfrau" nach dem Krieg.

Wegen des Kohlemangels ... waren nur zwei Schulen geheizt, in denen für alle Schüler die Aufgaben ausgegeben und eingesammelt wurden. Einmal in der Woche musste ich zur Schule, gab meine Aufgaben ab und schrieb mit klammen Fingern die Aufgaben für die nächste Woche von der Tafel ab ... Die Schularbeiten machte ich dann im Bett oder in der Wärmestube ... Auf dem Rückweg ... ging ich immer über den Güterbahnhof, um zu sehen, ob ich Kohle erwischen konnte. Dort trieben sich dann immer ganze Scharen von Kindern herum, die Kohlen klauen wollten.

Berger-von der Heide, Th.: Lebenssituationen 1945-1948, Hannover 1984, S. 78

M3 In einem Interview erinnert sich K.-H. Müller im Jahre 1981 an den Winter 1947 in Göttingen.

Bombentrichter
Vertiefung im Boden, die durch die Explosion einer Bombe erzeugt wurde

Mulden
Vertiefung im Boden

höhere Karte
Lebensmittelkarte, die zu einer größeren Menge bestimmter Lebensmittel berechtigte

zu klärende Begriffe:

M1

M2

M3

Teilung Deutschlands – eine Karikatur auswerten

1 Ergänze die Beschriftungen neben der Karikatur.

- Wjatscheslaw Molotow, sowjetische Besatzungszone
- Ernest Bevin, britische Besatzungszone
- Georges Bidault, französische Besatzungszone
- James F. Byrnes, US-amerikanische Besatzungszone
- „Ein Volk, zwei Reiche, kein Führer“

M2 Im Jahr 1946/47 erreichten die Siegermächte keine Einigung darüber, wie es mit Deutschland weitergehen sollte. Jeder Außenminister sitzt auf seiner Besatzungszone. (Karikatur des Zeichners Victor Weisz („Vicky“) aus einer britischen Zeitschrift von 1947)

2 Werte die Karikatur M2 aus. Nutze dein Schulbuch.

1. Eine Karikatur beschreiben
- Von wem wurde die Karikatur wann geschaffen?
- Wo ist die Karikatur erschienen?
- Was wird dargestellt?
- Welche Personen sind zu erkennen?
- Wie werden sie dargestellt?

2. Eine Karikatur einordnen
- Worauf bezieht sich die Karikatur?
- Was wird konkret dargestellt?

3. Eine Karikatur deuten
- Worauf will der Zeichner aufmerksam machen?
- Was thematisiert er?
- Was kommt durch den Text in der Karikatur zum Ausdruck?

- die Siegermächte
- die Alliierten
- die westlichen Besatzungszonen
- die östliche Besatzungszone/SBZ

- die Deutschland-Karte
- der Riss
- die politische Vorstellung
- die Trennung
- die Teilung

- sitzen
- die Arme vor dem Körper verschränken
- sich nicht einig sein
- andere Ansichten haben

Schulbuchseiten 58/59

1. Schritt: **Beschreiben**

2. Schritt: **Einordnen**

3. Schritt: **Deuten**

Planwirtschaft im Osten – Textquellen vergleichen

Der Fünfjahrplan ist der große Plan des Kampfes um die Gestaltung eines friedlichen, fortschrittlichen Deutschlands, in dem nach Beseitigung der Kriegsfolgen das Lebensniveau des Volkes das Lebensniveau des imperialistischen Deutschlands bedeutend übertreffen wird.
Der Fünfjahrplan sieht eine Steigerung der friedlichen Industrieproduktion auf das Zweifache gegenüber dem Stand von 1936 vor. Es wird sich erweisen, dass es aufgrund unserer neuen demokratischen Ordnung möglich ist, ein Tempo der industriellen Entwicklung im Jahr zu erreichen, welches für kein kapitalistisches Land erreichbar ist. ...
Der Fünfjahrplan wird der Arbeiterschaft und Bevölkerung Westdeutschlands das leuchtende Beispiel sein, wie das ganze deutsche Volk ohne imperialistischen Marshallplan ... leben kann, wenn es sein Leben auf der Grundlage einer friedlichen und fortschrittlichen demokratischen Ordnung aufbaut und die Grundgesetze der Planwirtschaft anwendet.

Zit. nach: DENNIS, Mike/ STEINERT, Johannes-Dieter: Deutschland von 1945-1990. Von der bedingungslosen Kapitulation zur Vereinigung, Schwalbach/Ts. 2005, S. 210 f.

M1 Walter Ulbricht, der Generalsekretär der SED, sprach auf dem III. Parteitag über den ersten Fünfjahresplan von 1951–1955

Die Ziele zu erfüllen wurde gegen Ende der DDR, vielleicht seit 1985, immer schwerer. Der Plan wich immer mehr von den Möglichkeiten ab. Er war einfach nicht mehr realistisch. Wir mussten z. B. eine bestimmte Zahl an Unterkleidern herstellen. Mit unseren vorhandenen Näherinnen konnten wir das aber nicht schaffen. Wir kamen auf die Idee, die Anzahl der Nähte zu verringern, um das Kleidersoll zu erfüllen – es reichte nicht. ...
Jeder sah die Verhältnisse und dachte, so kann es nicht weitergehen. Tun konnten wir aber nichts. Wir hatten den Plan, und es wurde uns keine Möglichkeit gegeben, ihn zu erreichen. Sie können Näherinnen noch samstags und sonntags beschäftigen, aber mehr können Sie nicht machen. Sie können auch keinen zwingen. Für Wochenendarbeit durften wir den Näherinnen materiellen Anreiz, also Prämien, bieten.
Aber auch damit kamen nicht alle. Denn in den letzten Jahren der DDR bekam man für Geld zu wenig zu kaufen. Da war den Näherinnen die Freizeit lieber. Mehr als mit Geld konnte man noch durch Appelle an den Gemeinschaftssinn erreichen, wie „Tut es für das Kollektiv“, „Ihr schadet doch den anderen“ etc. Mehr konnten wir aber wirklich nicht machen – die Planziele waren einfach mit der Realität nicht mehr in Einklang zu bringen.

Zit. nach: HANDRO, Saskia: Alltagsgeschichte. Alltag, Arbeit, Politik und Kultur in der SBZ und DDR, 2.A. Schwalbach/TS 2006

M2 Karin Krutsch war von 1963–1965 Direktorin für Beschaffung und Absatz im VEB Feinwäsche „Bruno Freitag“. Sie erinnerte sich 2001 an den Alltag in der Produktion.

❶ Lies M1 und M2. Notiere wichtige Aussagen neben dem Text.

❷ a) Fasse zusammen, was sich Walter Ulbricht von der Planwirtschaft versprach.

b) Stelle dar, wie Walter Ulbricht das Verhältnis zu den westlichen Besatzungszonen beschrieb.

imperialistisches Deutschland
„Imperialistisch" bezeichnet allgemein die Bestrebung eines Landes, seine politische, wirtschaftliche und besonders seine militärische Macht auszubauen. Mit „imperialistisches Deutschland" wurde in der DDR die Bundesrepublik Deutschland bezeichnet, weil diese durch die US-amerikanische Politik beeinflusst wurde. Diese Bezeichnung war abwertend gemeint.

der Appell
Aufruf, Aufforderung, Ermahnung

das Kollektiv
Gruppe von Menschen, die gemeinsam arbeiten

❸ a) Erkläre, warum es häufig schwierig war, die Planvorgaben zu erfüllen.

b) Beschreibe, wie der Engpass an Arbeitskräften ausgeglichen werden sollte.

❹ Vergleiche beide Quellen: Was ist der Unterschied zwischen Ulbrichts Vorstellungen und dem Bericht von Frau Krutsch?

Partnervortrag

„Firma Horch und Guck" – Textquellen Informationen entnehmen

Der Schriftsteller und Psychologe Jürgen Fuchs war einer der bedeutendsten Kritiker des DDR-Staatssicherheitsdienstes. 1950 in Reichenbach im Vogtland geboren, begann er nach seinem Grundwehrdienst 1971 ein Studium der Sozialpsychologie an der Universität Jena. 1973 trat er der Sozialistischen Einheitspartei Deutschlands (SED) bei, um die DDR von innen zu verändern. ... Wegen seiner kritischen Auffassungen wurde er vom Ministerium für Staatssicherheit (MfS) seit seinem zwanzigsten Lebensjahr „operativ" bearbeitet. ... Im August 1977 wurde er schließlich nach Westberlin ausgebürgert, wo er ... die aufkeimende DDR-Opposition unterstützte. Auch im Westteil Berlins wurde er deshalb vom MfS jahrelang ausgeforscht und mit „Zersetzungsmaßnahmen" überzogen. 1999 verstarb er an den Folgen einer Blutkrebserkrankung, von der er vermutete, dass sie vom Staatssicherheitsdienst durch Zufügung radioaktiver Substanzen verursacht worden sein könnte.

Zit. nach: http://www.stiftung-hsh.de/

M1 Informationen zum Leben von Jürgen Fuchs

ausbürgern
jemandem gegen seinen Willen die Staatangehörigkeit entziehen und aus dem Heimatland ausweisen

1 Jürgen Fuchs wurde von der Staatssicherheit der DDR (MfS) mit „Zersetzungsmaßnahmen überzogen". Lies hierzu die Texte M2 und M3 und beantworte die Fragen am Rand.

Im Zeitraum von Ende August bis Ende September 1982 wurden in konzentrierter Form spezielle Maßnahmen mit dem Ziel realisiert, F. (Fuchs) zu verunsichern und in seinem Handlungsspielraum zu beeinträchtigen. ... F. wurde kontinuierlich, vor allem in den Nachtstunden, in seiner Wohnung angerufen, ohne dass sich der Anrufer meldete. Gleichzeitig wurde jeweils der Fernsprechanschluss zeitweilig blockiert. Im Namen von F. wurde eine Vielzahl von Bestellungen von Zeitungen, Zeitschriften, Prospekten, Offerten u. dgl. aufgegeben, darunter auch Bestellungen, die zur Kompromittierung des F. geeignet sind. Mehrfach wurden Taxis und Notdienste (Schlüsseldienste, Abflussnotdienste, Abschleppdienste) vorwiegend nachts zur Wohnung des F. bestellt.
Mit einer Vielzahl von Dienstleistungsunternehmen und anderen Einrichtungen wurden zu unterschiedlichen Tageszeiten einschließlich der Wochenenden Besuche ... vereinbart (Beratung von Wohnungs- und Kücheneinrichtung sowie zur Badausstattung; Polstermöbelaufarbeitung, Polstermöbelreinigung, Wohnungsreinigung, Fensterputzer, Abholung von Schmutzwäsche, von Teppichen und Gardinen; Verkauf von Antiquitäten, Antiquariatsartikeln, Musikinstrumenten, Wohnungsauflösung, Abholung von Autowracks; Reparatur von Fernsehgeräten und Waschmaschinen; Möbeltransport, Ungezieferbekämpfung, Bereitstellung von Mietautos mit Fahrer, Massage, Beratung über Versicherungsabschlüsse, Buchung von Reisen, Bestellung von Menüs).

Zit. nach: Gieseke, Jens: Die DDR-Staatssicherheit. Schild und Schwert der Partei, Bonn 2001, S. 64

M2 Aktennotiz des MfS aus dem Jahre 1982

a) Was war das Ziel der Maßnahmen gegen Jürgen Fuchs?

b) Nenne Beispiele, wie das MfS dieses Ziel erreichen wollte.

> Die dazu durchgeführten Überprüfungen ergaben, dass sich F. angesichts der von den beauftragten Unternehmen veranlassten Aktivitäten, der wiederholten Störungen und des massiven ... Eintreffens von Materialien unterschiedlichster Art belästigt fühlt und darüber verärgert ist.
>
> Zit. nach: Gieseke, Jens: Die DDR-Staatssicherheit. Schild und Schwert der Partei, Bonn 2001, S. 64

M3 Aktennotiz des MfS aus dem Jahre 1982

c) Wie reagierte Jürgen Fuchs?

Fernsprechanschluss
Telefonanschluss

Offerten
Angebote

Kompromittierung
eine Person bloßstellen und in eine peinliche Situation bringen

Antiquitäten
wertvolle alte Möbel und andere Gegenstände

Antiquariatsartikel
häufig alte Bücher

2 Definiere den Begriff „Zersetzung“ mit eigenen Worten.

3 Jürgen Fuchs lebte 1982 bereits seit fünf Jahren in Westberlin.
a) Vermute, warum er sich nicht gegen die Maßnahmen des MfS gewehrt hat.

b) Beurteile, welche Möglichkeiten es für ihn gegeben hätte.

4 Bewerte das Vorgehen des Ministeriums für Staatssicherheit (MfS).

Blockade Berlins – eine Karikatur auswerten

1 Beschrifte die Karikatur mithilfe der folgenden Begriffe.

Westberlin – Brandenburger Tor – Absperrung durch sowjetische Soldaten – Uniform und Ausrüstung eines Fliegers – US-General Lucius D. Clay, Organisator der Luftbrücke

M1 Es ist dafür gesorgt, dass die Blockade nicht in den Himmel wächst. (Karikatur von Mirko Szewczuk*, 1949)

* Mirko Szewczuk war ein westdeutscher Karikaturist österreichischer Herkunft.

2 Notiere erste spontane Gedanken zu der Karikatur in Stichpunkten.

3 Werte die Karikatur aus und deute sie.

1. Schritt: Beschreiben

Hat die Karikatur einen Titel und ein Entstehungsjahr?

Wer hat die Karikatur gezeichnet?

Welche Situation wird dargestellt?

Welche Personen erkennst du?

Was ist ungewöhnlich, auffällig oder übertrieben dargestellt?

2. Schritt: Einordnen

Welches Problem wird dargestellt?

In welchem Zusammenhang steht die Karikatur?

Sind zusätzliche Informationen notwendig, um die Zeichnung richtig zu verstehen?

3. Schritt: Deuten

Was ist die Aussage der Karikatur?

Welche Meinung vertritt der Zeichner zur dargestellten Situation?

Der Korea-Krieg – Geschichtskarten auswerten

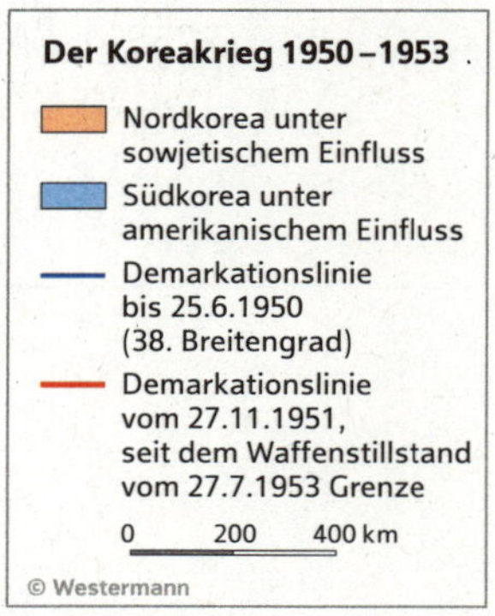

1 Beschreibe den Verlauf des Korea-Krieges, indem du die Karten 1 – 4 auswertest.

- die Karte, der Ausschnitt, das Thema der Karte
- der Raum, das Gebiet, die Region
- das Ereignis, die Entwicklung, der Verlauf, die Veränderung
- der Zeitpunkt, im Jahr ..., der Zeitraum von ... bis ...
- zeigen, darstellen, abbilden
- Truppen, Soldaten, Kriegsgegner, Südkorea, Nordkorea, UdSSR, USA

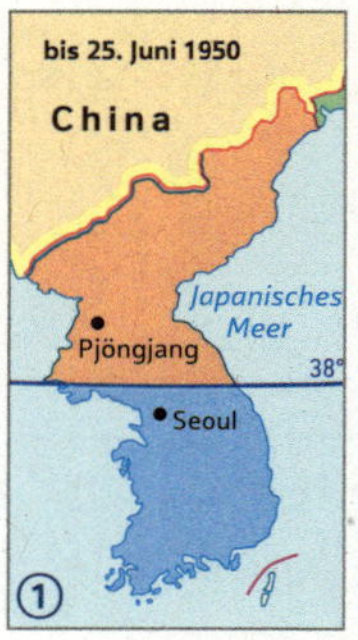

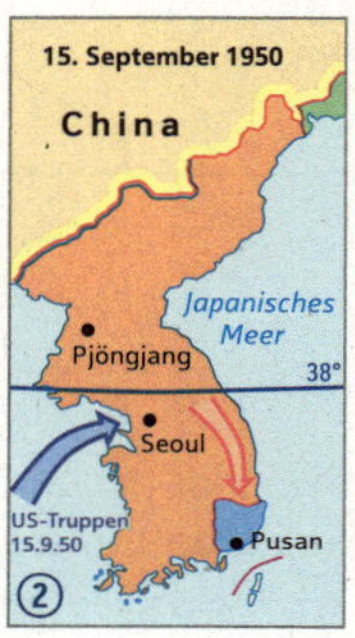

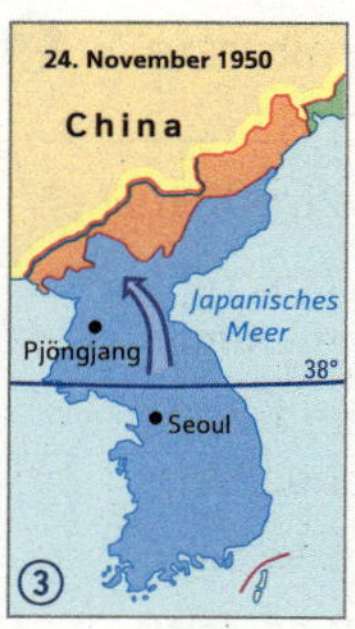

❷ Der Verlauf des Koreakrieges hatte gravierende Folgen für alle Beteiligten. Nutze die Informationen aus deinem Schulbuch und formuliere Bildunterschriften zu den Fotos.

❸ a) Lies die Aussage des ehemaligen südkoreanischen Vereinigungsministers Jeong Se Hyeon.
b) Erkläre, warum er auf Deutschland neidisch ist.

Unsere koreanische Halbinsel ist mittendurch von einem vier Kilometer breiten Streifen aus doppeltem Stacheldraht zerteilt, zwei Kilometer weisen nach Norden und zwei Kilometer nach Süden. Die sogenannte „Demilitarisierte Zone“ wurde 1953 nach dem Waffenstillstand errichtet. Diesen Zustand der Trennung haben wir bis heute nicht beseitigen können. ... Wenn ich daran denke, wie die Deutschen durch die Kraft ihrer Vernunft die Feindschaft überwanden und heute mit Stolz die Reste ihrer Mauer als Mahnmal präsentieren, dann bin ich schon ziemlich neidisch.

https://www.deutschlandfunk.de/koreas-demilitarisierte-zone-frueher-schlachtfeld-heute.1242.de.html?dram:article_id=463090

Der ehemalige Vereinigungsminister Südkoreas Jeong Se Hyeon (Interview, 2019)

Der Einberufungsbescheid – Argumente sammeln und abwägen

1 Notiere in der Tabelle, welche Argumente einzelne Personen für oder gegen einen Eintritt Bens in die Armee vorbringen. Berücksichtige dabei, dass jeder eine andere Perspektive innimmt das bedeutet, dass er bzw. sie eine andere Sicht auf die Situation von Ben hat.

Für-Argumente	Gegen-Argumente
- Vater: ist stolz, denn er hat auch für	- Ben: hat Angst zu sterben
sein Land im Krieg gekämpft	

2 Notiere weitere Argumente.

Für-Argumente	Gegen-Argumente

3 Ben überlegt lange, wie er sich entscheiden soll. Verfasse aus Bens Sicht einen Brief, in dem er einem Freund seine Überlegungen darlegt. Wäge dabei verschiedene Für- und Gegenargumente ab. Treffe eine Entscheidung und begründe sie.

abwägen
zum einen ... zum anderen
einerseits ... andererseits
nicht nur ... sondern auch
sowohl ... als auch
in der Theorie ... in der Wirklichkeit ...

begründen
da, denn, weil, deshalb, deswegen, aus diesem Grund

Lieber ______,

heute muss ich dir schreiben, da ich schon seit Tagen ein Problem hin und her wälze. Ich habe den Einberufungsbefehl der US-Army erhalten. Das hat mich ganz schön durcheinandergebracht. Zum einen

Glasnost und Perestroika – Begriffe klären

Michail Gorbatschow (1988)

1. Lies den Online-Artikel M1.
2. Beantworte die Fragen neben dem Text.

... die Parteispitze in Moskau ... berief [Michail] Gorbatschow [1971] ins ZK (Zentralkomitee) der KPdSU. ... Gorbatschow fügte sich zunächst in die Welt der greisen Funktionäre ein. Es war ihm aber bereits vollkommen klar, dass Veränderungen in Partei und Staat dringend nötig sind, denn der fortschreitende Niedergang der UdSSR war nicht zu übersehen.
Im März 1985 wurde Michail Gorbatschow zum Generalsekretär der KPdSU gewählt. „Perestroika" (Umgestaltung) nannte der neue Parteichef seinen politischen Kurs. Der Hauptgrund für die Neustrukturierung: die desaströse wirtschaftliche Lage in der Sowjetunion. Kaum noch etwas funktionierte in dem kommunistischen Riesenreich. Gorbatschow war freilich klar: Um die Bevölkerung für die Umgestaltung zu gewinnen und zu mehr Leistungsbereitschaft zu animieren, muss die allmächtige Partei ihr mehr Mitsprache und Freiheit geben: Neben „Perestroika" wurde „Glasnost" (Offenheit) deshalb zu einem prägenden Begriff seiner politischen Visionen. Gorbatschow lockerte die Reisebestimmungen, erlaubte Meinungs- und Pressefreiheit, schränkte den staatlichen Einfluss auf Unternehmen ein und erlaubte es ausländischen Investoren, sich an sowjetischen Firmen zu beteiligen.
Kurz nach seiner Amtseinführung gab Michail Gorbatschow bekannt, dass die UdSSR das „Streben nach militärischer Überlegenheit" aufgegeben habe. Die Streitkräfte der UdSSR würden fortan ausschließlich der Landesverteidigung dienen. ...

https://www.mdr.de/zeitreise/michail-gorbatschow-lebenslauf-glasnost-perestroika-reformen-100.html (Text gekürzt)

M1 Michail Gorbatschow – ein Jahrhundertpolitiker (Online-Artikel des MDR, 2019)

a) Erkläre, warum für Michail Gorbatschow der Umbau (Perestroika) wichtig war.

b) Nenne Merkmale von Glasnost, die demokratisch sind.

c) Zeige Gorbatschows außenpolitische Haltung auf.

3 Erkläre die Begriffe „Perestroika“ und „Glasnost“ jeweils in einem Satz.

Perestroika bedeutet,

Unter Glasnost versteht Gorbatschow,

4 Auf der Leipziger Herbstmesse 1988 stieß eine Broschüre zum Thema Perestroika auf großes Interesse der Menschen in der DDR. Am Stand der UdSSR waren die 150000 Broschüren schnell verteilt, sodass diese nachbestellt werden mussten. Notiere mögliche Gedanken der Messebesucher am Stand der UdSSR. Warum waren die Entwicklungen in der UdSSR auch für die Menschen in der DDR wichtig?

M2 Am Stand der UdSSR auf der Leipziger Buchmesse 1988

Partnerpuzzle

Der Unternehmer Siegmund Seligmann – eine Präsentation erstellen

Informationen über Siegmund Seligmann

- geboren am 19. August 1853 in Verden/Aller
- Vater: Samuel Seligmann, Lederhändler aus Verden; die Familie war jüdischen Glaubens
- Besuch des Domgymnasiums in Verden
- Ausbildung zum Kaufmann in einem Manufakturwaren-Geschäft in Hamburg-Harburg
- Kassenbeamter im Bankhaus Moritz Magnus
- ab 1876: „Continental Caoutchouc & Gutta-Percha-Compagnie“, Vorgänger der Continental-Werke
- die Werke waren finanziell angeschlagen
- 1879: Direktor der Continental-Werke
- 1883: Heirat mit Johanna Coppel aus Solingen
- 1884: Geburt von Sohn Edgar
- ab 1892: die Continental produzierte als erstes deutsches Werk Fahrradreifen
- ab 1898: auch Automobilluftreifen: die Firma war zeitweise führend auf dem Weltmarkt
- ab 1904: Produktion von Profilreifen
- bis 1905: Vorstand der Continental gemeinsam mit dem Chemiker Adolf Prinzhorn
- 1913: etwa 11 600 Mitarbeiter erwirtschafteten rund 120 Mio. Mark Jahresumsatz
- 1903 – 06: Bau der Villa Seligmann
- 1925: Tod von Siegmund Seligmann
- 1931: Frau Seligmann schenkt die Villa der Stadt Hannover
- 1935 – 1941: Johanna Seligmann und ihr Sohn Edgar flohen vor den Nationalsozialisten in die Schweiz

1 Nutze die Informationen, um eine digitale Präsentation zu gestalten, in der du das Leben von Siegmund Seligmann präsentierst. Du kannst weitere Informationen hinzuziehen. Beachte, dass die Folien übersichtlich gestaltet sind. Dein Vortragstext hingegen ist ausführlich.

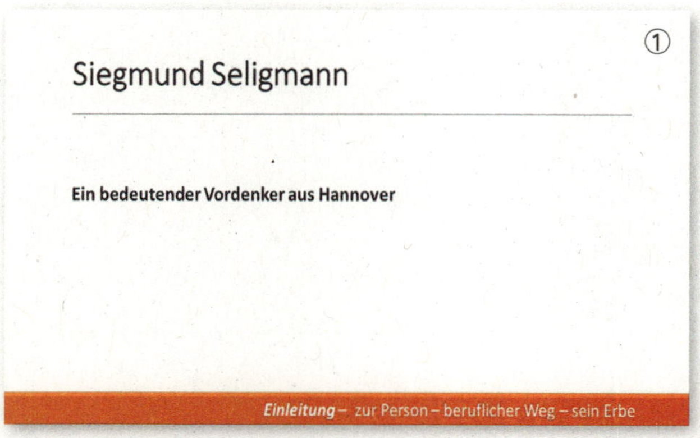

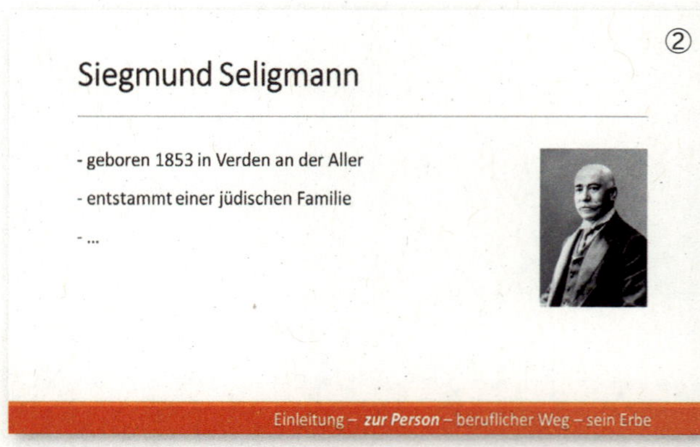

Beispiele für digitale Folien

Vortragstext

Folie 1

Ich möchte euch heute Siegmund Seligmann präsentieren. In wirtschaftlichen Fragen war er ein wichtiger Wegbereiter.

Folie 2

Siegmund Seligmann stammt aus einer jüdischen Familie in Verden an der Aller.

Folie 3

Seligmanns ganzes Interesse galt der Wirtschaft und dem Handel.

Folie 4

Im Jahr 1925 starb Seligmann unerwartet.

Deutsch-französische Nachbarschaft – den Umgang mit Geschichte reflektieren

Der kleine Ort Oradour-sur-Glane in Zentralfrankreich steht für die unfassbaren Verbrechen, die deutsche Truppen im Zweiten Weltkrieg auch in Frankreich verübt haben. Am 10. Juni 1944 löschten Soldaten ... [eines] SS-Panzerregiments ... das gesamte Dorf innerhalb weniger Stunden aus. 642 Dorfbewohner wurden ermordet, darunter 207 Kinder. Ein Baby war gerade eine Woche alt ...
Am Nachmittag des 10. Juni erreichte die dritte Kompanie des SS-Regiments Oradour und riegelte das Dorf ab. Die Menschen wurden zunächst auf dem Marktplatz im Zentrum des Ortes zusammengetrieben. Frauen und Kinder schlossen die Soldaten in der Kirche ein. Die Männer wurden in mehreren Scheunen zusammengepfercht. Die SS-Soldaten brannten schließlich sämtliche Gebäude in Oradour nieder ... Nur sechs Menschen konnten dem Inferno entkommen.

Zit.nach: https://www.domradio.de/themen/ethik-und-moral/2019-06-10/historikerin-ueber-das-massaker-oradour-sur-glane

M1 Über das Massaker von Oradour

M2 Das Dorf Oradour-sur-Glane heute – als Mahnmal

... Ein rostiges Eisenbahngleis zieht sich die Dorfstraße entlang. Auf beiden Seiten reihen sich zerstörte Häuser aneinander, brüchige Wände, ohne Dach, Fenster, Türen. Über viele Mauern wuchert Efeu. Unkrautvernichtungsmittel sind verboten. Miriam Rogasch: *„Sie wollen die Ruinen schon in diesem Zustand haben, dass sie frei sind von Unkraut, damit man nicht den Eindruck von so romantischen zerfallenen Ruinen hat. Deswegen ist ein Teil der Arbeit auch, dass wir das machen, aber das ganze Dorf werden wir nie schaffen.“*
Annemarie Niemann wischt sich Staub aus dem verschwitzten Gesicht. Auch Franzosen haben ihren Einsatz bisher immer gutgeheißen, sagt sie. Und sogar Einwohner aus dem heutigen Oradour. ...
Gerade erst hat ein Besucher aus dem neuen Oradour der jungen Freiwilligen erzählt, dass er durch das Blutbad mehrere Familienangehörige verloren hat. Annemarie Niemann: *„Dann hat er uns ... gefragt, was die Deutschen in unserer Gruppe von dem Massaker denken. Wir haben geantwortet, dass viele daraus eine Verantwortlichkeit ableiten und dass es ein Verbrechen ist, das uns alle mit Grauen erfüllt. Und dann hat er gesagt, dass er sich freut, dass wir da sind.“* ...

https://www.deutschlandfunkkultur.de/franzoesisches-ruinendorf-lebendige-erinnerung.1076.de.html?dram:article_id=301388

M3 Miriam Rogasch und Annemarie Niemann berichten in einem Radiobericht über ihre Arbeit als Freiwillige in Oradour

1. Erkläre mithilfe von M1 und M2, warum das Dorf Oradour bis heute ein Mahnmal für die Verbrechen der Nationalsozialisten ist.

Geteilte Welt und Kalter Krieg

2 Beschreibe mithilfe von M4, was Miriam und Annemarie als Freiwillige in Oradour machen.

3 Vermute, warum die Ruinen erhalten bleiben sollen.

Wir sind ziemlich überrascht. Ich will nicht unhöflich sein, aber ich finde es merkwürdig, in diesen Ruinen Deutsch zu hören. Selbst für mich, der nach dem Krieg geboren wurde, ist der Besuch hier nicht einfach. Selbst für mich ist das ein Problem. Aber ich finde es wirklich sehr gut, dass ihr diese Arbeit macht. Viel Glück. Und Danke!

Zit. nach: https://www.deutschlandfunkkultur.de/franzoesisches-ruinendorf-lebendige-erinnerung.1076.de.html?dram:article_id=301388 (gekürzt)

M4 Ein Besucher aus den Niederlanden zu den deutschen Freiwilligen in Oradour

die eigene Meinung begründen
Aus heutiger Sicht ...
Ich bin der Meinung, dass ... , weil ...
Ich finde, dass ... , denn ...
Meiner Ansicht nach ... , da ...
Ich bin der Überzeugung, dass ... , weil ...

4 Erkläre, warum der Besucher aus M5 überrascht ist, Deutsche in Oradour zu treffen.

5 Nimm Stellung zu der Frage, ob deutsche Jugendliche als Freiwillige in Gedenkstätten im Ausland arbeiten sollten. Was ist deine Meinung? Begründe.

Wo werden unsere Interessen vertreten? – ein Fallbeispiel untersuchen

1 Ordne folgende Begriffe M1 richtig zu.

Abgeordnete (Sitzplätze neben ihren Parteikollegen) – Rednerpult – Landesregierung und Vertreter der Ministerien – Besuchertribüne – Landtagspräsident – Protokollschreiber

M1 Blick in den Plenarsaal des Niedersächsischen Landtages in Hannover

2 Informiere dich über den Alltag eines Landtagsabgeordneten.
a) Lies den Bericht von Dirk Adomat.
b) Unterstreiche wichtige Aussagen zum Alltag eines Abgeordneten.
c) Kläre Begriffe, die du nicht verstehst.
d) Beantworte die Fragen neben dem Text.

e) Formuliere anschließend eigene Interviewfragen. Was interessiert dich?

Dirk Adomat

- geboren am 26.10.1960 in Hameln
- verheiratet, zwei erwachsene Kinder
- lebt in Fischbeck
- von 2017 bis 2020: Mitglied des Niedersächsischen Landtags als direkt gewählter Abgeordneter des Wahlkreises 38 (Hameln – Hessisch Oldendorf – Rinteln)

Was machen Sie eigentlich den ganzen Tag als Abgeordneter? Diese Frage höre ich häufig, wenn ich unterwegs bin und mit den Bürgerinnen und Bürgern meines Wahlkreises spreche. ... Mein Arbeitsalltag sieht dabei sehr unterschiedlich aus, sodass es für mich keine „normale“ Arbeitswoche gibt. Ein Teil meiner Arbeit spielt sich in Hannover ab, wo neben den Plenarsitzungen regelmäßig Sitzungen der Fachausschüsse und der dazu gehörenden Arbeitskreise sowie Sitzungen ... stattfinden. Der andere Teil meiner Arbeit spielt sich in meinem Wahlkreis ab, wo ich Bürgergespräche führe, Institutionen und Unternehmen besuche oder in meinem Wahlkreisbüro weitere dort anfallenden Arbeiten erledige.

Die Plenarsitzungen des Landtags finden in der Regel einmal im Monat an drei aufeinanderfolgenden Tagen statt. Hier werden Gesetzentwürfe und Entschließungsanträge beraten und verabschiedet. Und es wird debattiert, insbesondere in der „Aktuellen Stunde“, in der über aktuelle Themen gesprochen wird. Die Plenarsitzungen stehen aber erst am Ende des Arbeitsprozesses im Landtag.
Inhaltlich vorbereitet werden die Plenarsitzungen in den Fachausschüssen. Alle Abgeordneten sind in der Regel Mitglied in zwei bis drei Fachausschüssen, die damit auch den Schwerpunkt ihrer inhaltlichen Arbeit bestimmen. Ich bin Mitglied im Ausschuss für Umwelt, Klimaschutz, Energie und Bauen und im Ausschuss für Bundes- und Europaangelegenheiten und Regionalentwicklung. ...
Die Sitzungen der Ausschüsse und Arbeitskreise führen dazu, dass ich in nahezu jeder Woche an mehreren Tagen in Hannover arbeite.

Neben Plenum, Ausschüssen und Arbeitskreisen gibt es noch einen weiteren wichtigen Ort meiner Arbeit in Hannover: die Fraktion. Hier kommen alle ... Abgeordneten der SPD im Niedersächsischen Landtag zusammen und debattieren über die Positionen der Fraktion zu allen wichtigen Themen. ...

Wenn ich nicht in Hannover anwesend sein muss, bin ich in meinem Wahlkreis unterwegs, um mit Institutionen, Verbänden sowie Bürgerinnen und Bürgern ins Gespräch zu kommen. Dies kann in Form einer Bürgersprechstunde, eines Fachgesprächs mit Vertretern von Vereinen oder Verbänden oder durch Besuche in Unternehmen erfolgen.

https://www.dirk-adomat.de/meine-arbeit-als-abgeordneter/

Was ist das Besondere an der Arbeit eines Landtagsabgeordneten?

____
____
____
____

Was macht die Arbeit im Landtag aus?

____
____
____
____

Welche Bedeutung hat die Arbeit der Fachausschüsse und Arbeitskreise?

____
____
____
____

Welches Gremium ist noch wichtig für die politische Arbeit?

____
____
____
____

Wir gestaltet sich die Arbeit im Wahlkreis?

____
____
____
____

Gefahren für die Demokratie – eine Karikatur auswerten

M1 „Terrorismus unerwünscht“ (Karikatur von Kostas Koufogiorgos, 2011)

rechtsextrem
linksextrem
islamistisch
Symbol
Eisernes Kreuz
Halbmond
Stern
Gesichtsausdruck
Vermummung
Waffen
Körperhaltung
bunte Freizeitkleidung
Sturmhauben mit Sehschlitzen
schwarze Kleidung
weiße Zipfelmütze*

* Die Zipfelmütze wird seit dem 19. Jahhundert als Symbol verwendet, um einen Deutschen z. B. in einer Karikatur kenntlich zu machen.

1 Arbeite Gemeinsamkeiten und Unterschiede der Figuren in der Karikatur heraus. Fülle die Tabelle aus. Nutze die Wörter im Kasten und dein Schulbuch.

	Figur 1	Figur 2	Figur 3	Figur 4
Unterschiede				
Gemeinsamkeiten				

Schulbuchseite 194

2 Analysiere die Karikatur.

1. Schritt: **Beschreiben**

Die Karikatur hat den Titel

Der Zeichner

Die Karikatur stammt

Auf dem Bild sind Figuren zu sehen.

Die Figuren

Drei Figuren

Eine Figur rechts im Bild

Auffällig ist

2. Schritt: **Einordnen**

In der Karikatur wird dargestellt, dass

Der Titel der Karikatur weist darauf hin, dass

3. Schritt: **Deuten**

Der Zeichner will mit der Karikatur

Der Weg eines Bundesgesetzes – ein Schaubild auswerten

1 Beschreibe den Ablauf, den ein Bundesgesetz durchlaufen muss, bis es in Kraft treten kann. Nutze das Schaubild M1 auf Seite 197 in deinem Schulbuch.
a) Formuliere einen Einleitungssatz.
b) Fasse den Weg eines Bundesgesetzes mit eigenen Worten.

Abläufe beschreiben
Zuerst ...
Dann ...
Danach ...
Wenn ... geschehen ist, ...
Anschließend ...
Später ...
Schließlich ...
Zum Schluss ...

Das Schaubild beschreibt, ____________________

Gesetzesentwürfe können ____________________

____

____________ Im Bundestag findet ____________ statt.

Dabei wird der Gesetzesentwurf ____________ beraten. Danach wird der

Entwurf ____________________

2 Erkläre, warum der Prozess der Gesetzgebung so aufwendig ist.

Wortspeicher
beraten
befragen
berücksichtigen
durchlaufen
verhandeln
sicherstellen
Themen
Interessen
Beratung
Gremien
Experten
Ministerien
Bundesländer

Schulbuchseite 197

3 Ein Bundesgesetz kann eine große Wirkung auf die Politik, auf die Bürger, aber auch auf die Wirtschaft haben. Es wird deshalb oft versucht, von außen auf das Gesetzgebungsverfahren Einfluss zu nehmen.
a) Lies die Lexikonartikel und unterstreiche wesentliche Informationen.
b) Kläre unbekannte Begriffe.

Bestimmte Interessen vertreten
Das englische Wort „Lobby" bezeichnete ursprünglich den Vorraum oder die Eingangshalle des englischen Parlamentsgebäudes. Dort unterhielten sich die Abgeordneten mit Personen, die keine gewählten Abgeordneten waren und daher nicht in den Sitzungssaal durften. Heute bezeichnet der Begriff „Lobby" eine Interessenvertretung in der Politik. Diejenigen, die für eine Lobby arbeiten, nennt man „Lobbyisten".

Einfluss auf Entscheidungen nehmen
Die Lobby kann zum Beispiel einen Wirtschaftszweig vertreten, einen Sportverband oder eine Umweltschutzorganisation. Auch Mitglieder von Schülervertretungen oder Lehrerverbänden, die wollen, dass mehr Lehrer eingestellt und die Klassen kleiner werden, können Lobby-Arbeit machen. Lobbyisten versuchen, zum Beispiel durch Gespräche Einfluss auf Entscheidungen von Politikern zu nehmen.
Für die Politiker ist es wichtig, mit den Lobbyisten zu sprechen, weil sie von ihnen viele Informationen bekommen, die ihnen helfen, ihre Entscheidungen zu treffen. Der Lobbyismus spielt deshalb in Deutschland eine große Rolle bei politischen Entscheidungen.

https://www.hanisauland.de/lexikon/l/lobby.html

M1 Lexikonartikel zum Thema Lobby und Lobbyismus

d) Erkläre, was mit Lobby und Lobbyismus heute gemeint ist.

Heute versteht man unter Lobbyismus,

e) Stelle mögliche Vorteile und Nachteile von Lobbyismus gegenüber.

Vorteile von Lobbyismus	Nachteile von Lobbyismus

Demokratie in Deutschland – Wissen anwenden

1 Ordne den Zitaten folgende Begriffe zu:

Wahlen – Beteiligung von Bürgern – Interessenskonflikt lösen – Gewaltenteilung – Rechtsstaatlichkeit – repräsentative Demokratie – Gesetzgebungsverfahren – Diskussion und Beratung – Wahrung der Menschenrechte – Engagement von Bürgern in Parteien oder Verbänden

Demokratie heißt immer: die Bereitschaft, nicht nur eigene Interessen zu sehen, und die Fähigkeit zum Ausgleich und Kompromiss.
Frank Walter Steinmeier (geb. 1956), seit 2017 Bundespräsident

____

____

Wenn es morgens um sechs Uhr an meiner Tür läutet und ich sicher sein kann, dass es der Milchmann ist, dann weiß ich, dass ich in einer Demokratie lebe.
Winston Churchill (1874-1965), 1940 – 1945 und 1951 – 1955 britischer Premierminister

____

____

Demokratie: die Regierung des Volkes durch das Volk für das Volk.
Abraham Lincoln (1809 – 1865), 1861 – 1865 Präsiden der Vereinigten Staaten von Amerika

____

____

In einer Demokratie brauchen Entscheidungen Zeit. Nur die Diktatur ist schnell.
Rita Süssmuth (geb. 1937), 1988 – 1998 Bundestagspräsidentin

____

____

____

Demokratie ist auch gar nicht bequem, sie ist sogar anstrengend, manchmal sehr anstrengend. Der große Vorteil der Demokratie besteht jedoch darin, dass sie beständig die Chance zur Selbstkorrektur in sich trägt, nicht zuletzt die Chance, eine neue Regierung zu wählen.
Joachim Gauck (geb. 1940), 2012 – 2017 Bundespräsident

____

____

____

____

____

http://www.politikundunterricht.de/2_3_18/demokratie.pdf

2 Legt gemeinsam ein Placemat an.
a) **Einzelarbeit in den Außenfeldern:** Notiere deine eigenen Überlegungen zum Thema Demokratie. Was bedeutet für dich persönlich die Demokratie?
b) Stellt euch gegenseitig eure Ergebnisse vor.
c) Notiere die Ergebnisse der anderen Gruppenmitglieder in deinem Arbeitsheft.
d) **Gruppenarbeit in dem Innenfeld:** Besprecht gemeinsam, wie die Demokratie durch junge Menschen gestärkt werden kann. Notiert eure Ergebnisse im Innenfeld.

Schulbuchseiten 198/199

Verbraucherrechte – Fallbeispiele untersuchen

Am 13. Juni 2014 traten in den Mitgliedsstaaten der Europäischen Union Gesetze in Kraft, mit denen die europäische Verbraucherrechter-Richtlinie umgesetzt wird. Verbraucher werden so besser geschützt. Dies betrifft besonders Verträge, die im Internet geschlossen wurden.

1 a) Lies die Fallbeispiele 1 – 3 durch.
b) Fasse das jeweilige Problem kurz zusammen.
c) Welcher Bereich des Verbraucherschutzes ist betroffen. Ordne das Fallbeispiel den Informationskärtchen A – C zu.
Hat die betroffene Person in den Fallbeispielen eine Chance auf Entschädigung? Notiere deine Antwort.

Fall 1: Endlich Urlaub! So dachte Lisa, als sie im Flieger nach Portugal saß. Im Hotel angekommen, war ihre gute Laune aber vergessen. Alles war anders als versprochen: Das Zimmer alt und muffig, der Strand Kilometer entfernt und der Gestank der nahen Kläranlage unerträglich! Im Prospekt hatte alles wie in einem Traumhotel ausgesehen.

Problem: ______________________________

____

Lösung: ______________________________

____

Fall 2: Vor vier Monaten hat Jurek sich endlich ein neues Smartphone kaufen können. Er hatte lange darauf gespart. Deshalb hat er auch besonders auf das Smartphone aufgepasst. Dennoch funktioniert es nicht mehr. Das Display reagiert nicht, sodass das Gerät keinerlei Funktion mehr besitzt. Es liegt ein Mangel vor.

Problem: ______________________________

____

Lösung: ______________________________

____

Fall 3: Genervt griff Marc zum Handy. Schon wieder ein Anruf! Und natürlich: Eine mechanische Stimme gratulierte ihm schon zum tausendsten Mal zum Hauptgewinn! Na klar. Nur noch ein paar persönliche Daten angeben: Name, Alter, Beruf, Adresse ... Und dann soll er kommen, der Reichtum. Aber er weiß ja, dass so Telefonwerbung funktioniert. Es sollen immer nur Verträge abgeschlossen werden, ohne dass man selber dahinterkommt.

Problem: ______________________________

____

Lösung: ______________________________

____

Schulbuchseiten 206/207

Beispiele für Verbraucherrechte

A

B

C

2 Erkläre, warum die Rechte von Verbrauchern geschützt werden müssen.

3 Begründe, in welchen weiteren Bereichen die Rechte der Verbraucher deiner Meinung nach gestärkt werden sollten.

Von der EWG zur EU – eine Zeitleiste erstellen

Seit 1951 hat sich Europa immer weiterentwickelt. Es kamen neue Länder dazu, der Name des Zusammenschlusses wurde verändert oder auch die Schwerpunkte, zu denen man sich abstimmte.

1. Trage auf den Kärtchen die zum Ereignis gehörende Jahreszahl ein.
2. Ergänze die Angaben an der richtigen Stelle in der Zeitleiste.

Kroatien tritt der EU bei

Spanien, Portugal treten bei

Belgien, Deutschland, Frankreich, Niederlande, Italien, Luxemburg gründen die EGKS

das Europaparlament wird zum ersten Mal direkt gewählt

Bulgarien und Rumänien kommen dazu

Großbritannien tritt aus der EU aus (Brexit)

die Europäische Union (EU) wird gegründet

Griechenland kommt hinzu

Estland, Lettland, Litauen, Malta, Polen, Slowakei, Slowenien, Tschechien, Ungarn, Zypern werden in die EU aufgenommen

der Vertrag von Lissabon regelt die Zusammenarbeit in der Außenpolitik

die Europäische Zentralbank (EZB) wird gegründet

der Euro wird eingeführt

Schweden, Finnland, Österreich treten in die EU ein

das Abkommen von Schengen tritt in Kraft

Gründung der EWG

aus EURATOM und EWG wird die Europäische Gemeinschaft (EG)

Großbritannien, Irland, Dänemark werden in die EG aufgenommen

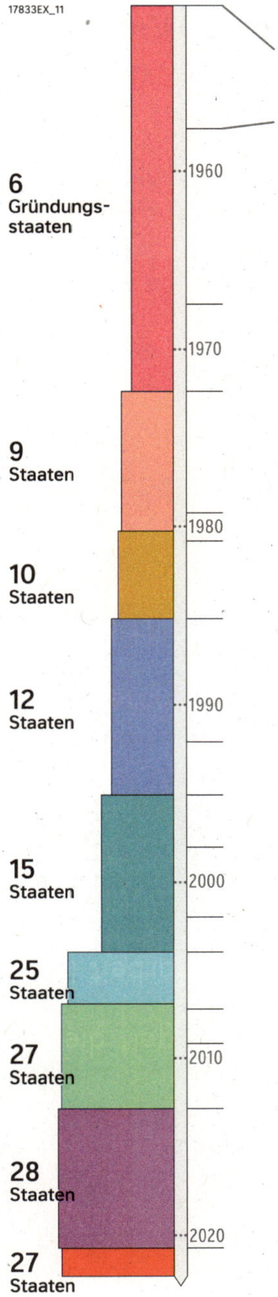

3 Fasse zusammen, warum es für viele Länder Europas wichtig war, Mitglied in der der EU zu werden. Nutze auch die Schulbuchseiten 206 – 211.

Stühletausch

Mach was in Europa! – Argumente sammeln

Junge Menschen ... setzen sich mit der jeweils anderen Sichtweise, dem Erfahrungsschatz und den Träumen von Gleichaltrigen auseinander.

Heute wecken Jugendbegegnungen ... Hoffnung auf eine friedliche Zukunft ... .

Mit Jugendaustausch müssen und wollen wir alle jungen Menschen erreichen – also auch jene, für die ein Auslandsaufenthalt unerreichbar erscheint.

Wir haben ein passendes Programm für jede Altersgruppe und wollen Freude wecken, die Partnersprache zu lernen.

Wir verstehen unseren Auftrag, die Beziehungen zwischen jungen Menschen aus Deutschland und Frankreich zu fördern, heute mehr denn je europäisch: In jedem deutsch-französischen Austausch steckt ein europäischer Kern.

... Azubis und Berufsanfänger [erhalten] vor ihrem Start ins Ausland praktische Hilfestellungen und individuelle Betreuung – zum Beispiel bei der Vorbereitung auf den ersten Arbeitstag oder bei der Wohnungssuche.

Das DFJW fördert beispielsweise junge Menschen, die ohne finanzielle Unterstützung kein Praktikum im Ausland stemmen könnten.

M1 Tobias Bütow nennt in einem Interview Argumente für Austauschprogramme, zum Beispiel das Deutsch-Französische Jugendwerk (DFJW)

https://www.kmk-pad.org/pad/nationale-agentur/zur-zukunft-von-erasmus/tobias-buetow-im-interview.html

1 a) Liste die genannten Argumente mit eigenen Worten auf.
b) Ergänze weitere Argumente aus deiner Sicht.

Till hat von der Möglichkeit gehört, an einem Austauschprogramm teilnehmen zu können. Er hat sich nun in den Kopf gesetzt, diese Möglichkeit zu nutzen, bevor er mit seiner Ausbildung beginnt. Er möchte ein Praktikum in Frankreich machen. Nun gilt es, seine Eltern zu überzeugen. Die sind nicht begeistert von Tills Idee. Sie halten ein Praktikum im Ausland für eine Verschwendung von Zeit und Geld.

Einschränkungen machen
aber
nur
trotzdem
dennoch
bedenke bitte
überlege, ob

2 Formuliere einen Dialog zwischen Till und seinen Eltern über Tills Austausch nach Frankreich. Nutze die Argumente aus M1.

Till: Also ich möchte gerne ein Praktikum in Frankreich machen.

Vater: Ein Praktikum in Frankreich? Warum?

Du beginnst doch im September deine Ausbildung.

Till: Ja, aber die Zeit bis dahin möchte ich nutzen,

Die wirtschaftliche Organisation in Europa – Perspektiven gegenüberstellen

1 a) Lies die Sprechblasen M1.
b) Notiere auf den Linien, welche Freiheit des Binnenmarktes jeweils angesprochen wird.
c) Markiere Vor- und Nachteile der vier Freiheiten mit zwei verschiedenen Farben.

freier ______________________________

Mario Olioverde, Feinkosthändler aus Hannover

Wenn ich Olivenöl aus Italien nach Deutschland importiere, ist das kein Problem. Ich kann so viel Öl importieren, wie ich will. Keiner kann mir sagen, dass das verboten sei. Auch wenn das Öl in Italien anders hergestellt wird, muss es in jedem EU-Land akzeptiert werden.

Wir haben hier auch sehr gutes Öl – zum Beispiel aus Raps oder Sonnenblumen. Das muss nicht Hunderte von Kilometern durch halb Europa gefahren werden. Wer denkt an die Umwelt?

Peter Blume, Betreiber einer Ölmühle in Osnabrück

freier ______________________________

Yvonne Klapper, Sekretärin

Ich wohne im Grenzgebiet. Da das Wohnen in den Niederlanden günstiger ist, wohne ich dort. Aber ich arbeite in Deutschland. Super! Ich komme schnell hin und her, weil es keine Grenzkontrollen gibt. Viele Niederländer arbeiten in Deutschland, weil sie dort mehr verdienen. Das kann ein Problem für die Arbeitgeber dort sein.

Wir beobachten, dass es für organisierte Diebesbanden einfach ist, im Nachbarland aktiv zu werden. Ich bin daher sehr froh, dass wir so gut mit unseren niederländischen Kollegen zusammenarbeiten.

Linda Pistoll, Polizeibeamtin

freier ______________________________

Malte Strömer, Elektriker

Ich habe eine kleine Firma für Elektroinstallationen in Flensburg. Manche meiner Kollegen bieten ihre Dienstleistungen auch in Dänemark an. Das mache ich jetzt auch: einfach im Internet einen Auftritt gestartet und los. Wir arbeiten zwar etwas anders, aber das klappt schon. Die Leute freuen sich, denn wir sind billiger!

Ich suche dringend einen Elektriker für kleinere Arbeiten. Mein Sohn hat mir nun jemanden aus Polen empfohlen, den er im Internet gefunden hat. Angeblich ist er billig. Aber auch gut? Ich habe überhaupt keinen Überblick mehr!

Else von Dunkelhaus, Rentnerin

freier ______________________________

Walter K. Rösus, Finanzberater

Endlich kann ich europaweit mein Geld investieren: Aktien kaufen und Überweisungen machen – kein Problem mehr. Und wenn's mal knapp wird, kann ich mir in jedem EU-Land zu den besten Bedingungen einen Kredit verschaffen.

Es besteht nun die Gefahr, dass Steuern hinterzogen oder nicht gezahlt werden. Das schädigt unseren Staat, da durch Steuern vieles finanziert wird. Das wird dann zu einem Problem für alle.

Klaus Zähler, Finanzbeamter

2 Stelle Vor- und Nachteile, die die vier Freiheiten des Binnenmarktes haben können, gegenüber.

Vorteile	Nachteile
freier	
freier	
freier	
freier	

3 Positioniere dich selbst zu den Freiheiten des Binnenmarktes.
Was überwiegt für dich: Vorteile oder Nachteile? Begründe.

Argumente abwägen und die eigene Meinung begründen
- Einerseits ... andererseits ...
- ... aber man darf nicht vergessen, dass ...
- Wenn man ... berücksichtigt ...
- Ich bin der Meinung, dass ... , weil ...
- Ich finde, dass ... , denn ...
- Meiner Ansicht nach ... , da ...
- Ich bin der Überzeugung, dass ... , weil ...

Die Umwelt geht uns alle an – eine Karikatur auswerten

1 Ordne die Beschreibungen neben der Karikatur der jeweiligen Figur zu.

M1 Karikatur zum Thema Klimawandel von dem Zeichner Scharwel (2016)

der Burn-Out
seelische und körperliche Erschöpfung

der Befall
von etwas befallen sein, unter einer Krankheit oder Schädlingen (zum Beispiel Läusen) leiden

die Erde
der Psychiater
die Couch
der Patient
der Schöpfer
langer Bart
das Auge, das alles sieht
langes, weißes Gewand
erschöpft
enttäuscht
Zustand der Erde
weiser, alter Mann
kraftlos, blass, farblos
dunkle Ringe um die Augen

die linke Figur	die rechte Figur

2 Werte die Karikatur aus.

Die Europäische Union

1. Schritt: Beschreiben

Der Zeichner

Auf dem Bild sind zu sehen.

2. Schritt: Einordnen

Die Karikatur thematisiert

3. Schritt: Deuten

Der Zeichner will mit der Karikatur darauf aufmerksam machen,

Ausstieg aus der Kohleverstromung – eine Streitfrage erörtern

Um den Klimawandel zu verlangsamen oder aufzuhalten, ist es notwendig, den CO_2-Ausstoß zu senken. Die Frage, ob auf die Verstromung von Braunkohle verzichtet werden soll und die Kohlekraftwerke nach und nach stillgelegt werden sollen, führt zu heftigen Diskussionen.

1 a) Lies die Argumentationskärtchen durch.
b) Notiere auf jedem Kärtchen, ob es sich um ein Pro- oder ein Kontra-Argument handelt.

Arbeitsplatzabbau und Wegzug von Arbeitskräften wirkt sich negativ auf weitere Beschäftigungsbereiche aus. Eine ganze Region wird unattraktiv.

Deutschland muss die im Klimaschutzvertrag von Paris vereinbarten Ziele erfüllen. Dafür muss der CO_2-Ausstoß deutlich gesenkt werden.

pro

Braunkohle-Kraftwerke verursachen einen hohen CO_2-Ausstoß. Dieser verursacht die Erderwärmung und den daraus folgenden Klimawandel. Dies muss gestoppt werden.

Wenn Kohlekraftwerke abgeschaltet werden, müssen die Kraftwerksbetreiber entschädigt werden. Dieses Geld fehlt, um in erneuerbare Energien zu investieren.

Erneuerbare Energien verursachen keine Emissionen. Weniger Luftverschmutzung ist auch gut für die Gesundheit der Menschen.

Die deutschen Kohlekraftwerke produzieren mehr Strom, als wir verbrauchen. Fast 10 % werden ins Ausland exportiert.

Der Abbau von Braunkohle im Tagebau verursacht große Umweltschäden. Die Kosten für die Renaturierung sind sehr hoch. Dieses Geld fehlt in anderen Bereichen.

Durch die Abschaltung von Kraftwerken wird der Strom teurer. Das kann zu einem Problem für viele Menschen werden.

Sollten Arbeitsplätze wegfallen, dann ziehen die jungen Menschen dahin, wo sie Arbeit finden. Familien werden so zerrissen.

Erneuerbare Energien reichen nicht aus, um allein den hohen Energiebedarf zu decken. Kohlekraftwerke sichern die Stromversorgung.

Deutschland könnte die 20 ältesten Braunkohlekraftwerke stilllegen, ohne dass die Versorgungssicherheit gefährdet ist.

Deutschland kann als ein wichtiges Industrieland Vorbild für andere Länder sein.

Wenn die Kraftwerke geschlossen werden, dann verlieren Tausende Menschen ihre Arbeitsplätze.

Oft müssen auch ganze Ortschaften für den Kohleabbau weichen. Menschen verlieren ihre Heimat.

2 a) Trage die Argumente stichpunktartig in die Tabelle ein. Ergänze eigene Argumente.

Ausstieg aus der Braunkohleverstromung?

pro	kontra

3 Erörtere die Frage, ob Deutschland aus der Kohleverstromung aussteigen soll.
Stelle die jeweils stärksten Argumente gegenüber und wäge sie ab.
Formuliere deine Meinung und begründe sie.
Tipp: Du kannst Operatorenseite 154/155 zu Hilfe nehmen.

Kugellager

Folgen des Klimawandels – Wissen anwenden

1 Beantwortet die Fragen neben dem Text.

Was hat der Klimawandel mit Migration zu tun? Sehr viel, glaubt man den sogenannten Maximalisten. So werden seit den 1980ern die Vertreter eines wissenschaftlichen Ansatzes genannt, der Umweltzerstörung als eine Hauptursache für Flucht beschreibt. Demnach beeinträchtigen Umweltveränderungen die Lebensbedingungen vieler Menschen so sehr, dass sie gezwungen sind, ihre Heimat zu verlassen. Die Gegenseite, die sogenannten Minimalisten, betont hingegen, dass Migration immer vielschichtige Gründe hat: zum Beispiel Krieg und wirtschaftliche Aussichtslosigkeit.
... 1985 führte der Naturwissenschaftler Essam El-Hinnawi den Begriff „Umweltflüchtling" ein. Der Begriff ist allerdings bis heute umstritten, weil es keine allgemein akzeptierte oder rechtlich festgelegte Definition gibt. Die Genfer Flüchtlingskonvention (GFK) berücksichtigt Klimaflüchtlinge nicht. Bisher verlangt die GFK für eine Anerkennung als Flüchtling eine Verfolgung im eigenen Staat wegen Rasse, Religion, Nationalität, Zugehörigkeit zu einer bestimmten sozialen Gruppe oder politischer Überzeugung. Beim Klimawandel gilt das alles nicht, weil die ganze Bevölkerung betroffen ist und unklar bleibt, vor wem genau die Flüchtlinge denn eigentlich Schutz suchen. Die internationale Staatengemeinschaft debattiert aktuell darüber, das zu ändern. ...
Von Klimaflüchtlingen im engeren Sinne wird in Zukunft aber sicher noch zu sprechen sein. Etwa wenn der Meeresspiegel durch den Klimawandel wirklich so stark steigt, dass die Bevölkerung ganzer Südseeinselstaaten zur Flucht gezwungen sein wird.

https://www.fluter.de/was-sind-klimafluechtlinge

a) Was sind Maximalisten?

b) Was sind Minimalisten?

c) Warum ist der Begriff „Umweltflüchtling" umstritten?

d) Warum wird man sich in Zukunft mit dem Thema beschäftigen müssen?

2 Erstellt eine Mindmap zum Thema „Der Klimawandel als Fluchtursache“

Klimawandel
als Fluchtursache

Nachhaltigkeit – Handlungsalternativen erkennen

In der Studie „Plastikfrei leben" aus dem November 2017 wurden Personen danach befragt, was sie tun würden, um ihren Plastikverbrauch einzuschränken. Die Ergebnisse wurden in der Grafik M1 zusammengefasst.

1 Beschreibe die Grafik M1.

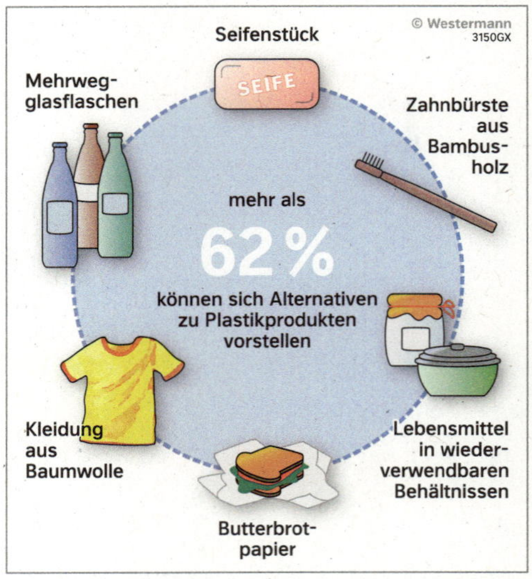

M1 Alternativen zu Kunststoffprodukten und -verpackungen

Wortspeicher
- Gegenstände, die im Alltag genutzt werden
- Plastik und Kunststoff
- Vermeidung von Müll
- nachhaltig, Nachhaltigkeit
- wiederverwendbar

2 Nenne
- weitere Produkte oder Gegenstände, die durch nachhaltige bzw. wiederverwendbare Alternativen ersetzt werden können,
- andere Produkte, die durch ihre Herstellung oder ihren Transport zu Umweltbelastungen führen.

Schulbuchseiten 260/261

3 a) Lies den Text über Nachhaltigkeit.
b) Unterstreiche die wichtigsten Informationen.

Nachhaltigkeit

Ein nachhaltiges Handeln hat zum Ziel, dass die Menschen in der Zukunft gleiche und gute Lebensbedingungen vorfinden. Hierfür müssen drei Dimensionen berücksichtigt werden:
Die ökonomische Sicherheit bedeutet, in wirtschaftlichen Dingen nachhaltig zu handeln. Nachfolgenden Generationen soll ein funktionierendes Wirtschaftssystem mit ausreichenden Ressourcen hinterlassen werden.
Die soziale Gerechtigkeit bedeutet, in sozialen Belangen nachhaltig zu handeln. Bildungschancen sowie Arbeits- und Lebensbedingungen aller aktuell und künftig auf der Erde lebenden Menschen sollen gerecht und möglichst gleich sein.
Das ökologische Gleichgewicht meint, auf ökologische Verträglichkeit zu achten. Natürliche Ressourcen dürfen nur so weit genutzt werden, wie sie wieder nachwachsen können. Auch Müll und Treibhausgase sollen nicht stärker verursacht werden, als die Erde vertragen kann.
Oft stehen diese drei Dimensionen zueinander im Gegensatz. Für ein nachhaltiges Handeln müssen sie aber miteinander harmonieren. Ökologische, soziale und wirtschaftliche Aspekte müssen daher gleichberechtigt beachtet werden.

4 Wie kann Nachhaltigkeit in der jeweiligen Dimension umgesetzt werden? Ergänze die Übersicht mit konkreten Beispielen für die drei Dimensionen des nachhaltigen Handelns.

ökonomische Sicherheit

soziale Gerechtigkeit

ökologisches Gleichgewicht

Think – Pair – Share

Bewaffnete Konflikte weltweit – eine Karte auswerten

... Als Krieg werden gewaltsame Konflikte bezeichnet, die beständig andauern und organisiert sind. Eine der Kriegsparteien müssen reguläre Streitkräfte einer Regierung sein. Wenn diese Eigenschaften nicht zutreffen, spricht man von einem bewaffneten Konflikt statt von einem Krieg.
Nicht alle Kriege betreffen ein ganzes Land, viele beschränken sich auf eine bestimmte Region des Landes. In manchen Ländern gibt es gleich mehrere Kriegsregionen ...
Einige Kriege gibt es schon seit sehr vielen Jahren wie beispielsweise im Sudan. Andere Kriege sind zum wiederholten Mal ausgebrochen, obwohl sie schon einmal beendet waren, zum Beispiel der Konflikt in Burundi.
Zwei Kriege in Afrika betreffen mittlerweile auch die Nachbarländer: Von dem Krieg in Nigeria sind auch die Nachbarländer Tschad und Kamerun betroffen. ...

https://www.frieden-fragen.de/entdecken/weltkarten/kriege-weltweit-2018.html

M1 Informationen zu Kriegen und bewaffneten Konflikten

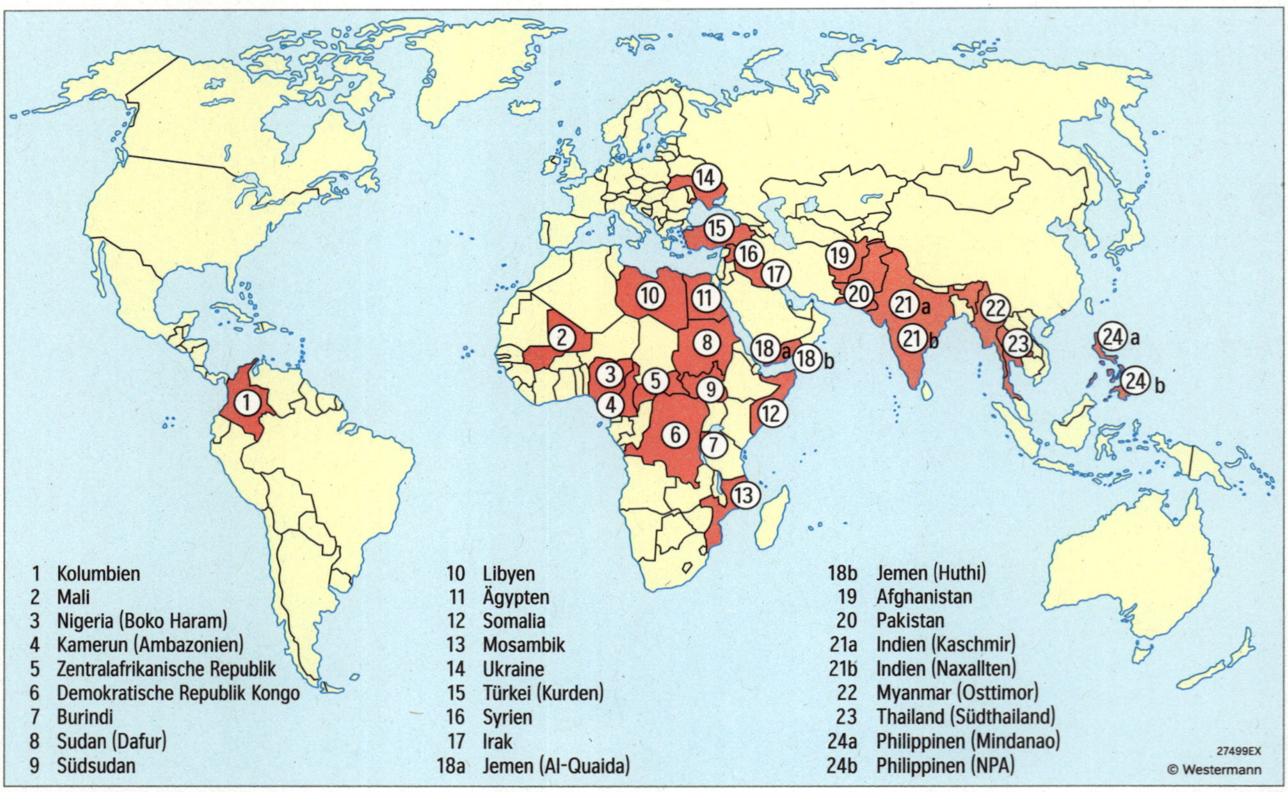

M2 Länder, in denen im Jahr 2018 Krieg oder bewaffnete Konflikte herrschten

1 Beschreibe die Karte

- Nenne das Thema der Karte.
- Bestimme, welches Gebiet die Karte zeigt (Welt, Kontinent, Land, Region, Stadt).
- Benenne den Zeitraum oder den Zeitpunkt, für den die Karte gültig ist.

2 Erfasse den Karteninhalt.

- Beschreibe, welche Situation oder Entwicklung dargestellt wird.
- Untersuche, was die Zeichen, die Farben und weitere Angaben in der Karte bedeuten.
- Notiere, was dir besonders auffällt.

3 Werte die Karte aus.

- Fasse deine Ergebnisse in einem kurzen Text zusammen.
- Vergleiche die Karte mit dem Informationstext M1. Überlege, ob es Informationen gibt, die du nicht aus der Karte entnehmen kannst.

Seltene Erden aus der DR Kongo – eine Diskussion vorbereiten

1 Sammele Argumente, die für oder gegen den Kauf eines neuen Smartphones sprechen.

für den Kauf eines neuen Smartphones	gegen den Kauf einen neuen Smartphones

2 Lies den Zeitungsbericht M1.

a) Unterstreiche wichtige Aussagen.

b) Notiere wichtige Inhalte des Textes in eigenen Worten neben dem Text.

Was hat mein Smartphone mit dem Bürgerkrieg im Kongo zu tun?

... Wir essen vegan, kaufen „faire“ Schokolade und machen uns Gedanken über Ökostrom. Beim Verzehr unseres glutenfreien Bio-Vollkorntoasts tippen und wischen wir eifrig über das Display unseres Smartphones. Und unterstützen dabei unbemerkt einen Krieg, der monatlich 45 000 Menschen das Leben kostet. ... Wie fair ist die Herstellung unserer Handys?

In der Menschenrechtsstudie „DR Kongo: Der Krieg, die Frauen und unsere Handys“ aus dem vergangenen Jahr ziehen Experten Bilanz über die dramatische Situation, die nicht zuletzt von den großen Mobiltelefonherstellern mitverschuldet wurde – und wird. Auch die Menschenrechtsorganisation „Amnesty International“ veröffentlicht heute ... eine Studie, die beschreibt, wie große Handykonzerne Kinderarbeit bewusst für die Herstellung ihrer Produkte in Kauf nehmen. ... Die Demokratische Republik Kongo [zählt] zu den ärmsten Staaten der Welt. Das Paradox: Grund dafür sind vor allem die in großen Mengen vorhandenen Bodenschätze. Die wertvollen Rohstoffe befeuerten Konflikte ... und zwangen bisher Millionen Menschen zur Flucht vor gierigen Kriegstreibern.

Ein modernes Mobiltelefon besteht aus bis zu 60 verschiedenen Stoffen. Mindestens 30 davon sind Metalle. Die Demokratische Republik Kongo ist einer der größten Rohstofflieferanten weltweit. Tantal, Kobalt, Wolfram, Zinn und Gold sind einige der Rohstoffe, die für die Herstellung eines Handys benötigt werden. Sie alle werden vorwiegend in dem westafrikanischen Staat gefördert. Doch seit Jahren tobt ein blutiger Bürgerkrieg in dem bevölkerungsreichen Land. ...
Menschen aus den umliegenden Dörfern, darunter meist auch Kinder, werden ... gezwungen, mit bloßen Händen oder einfachen Schaufeln die Stoffe aus dem Boden zu befördern. Über mehrere Zwischenhändler gelangen die Metalle dann nach Asien, wo sie weiterverarbeitet und nach Europa verschifft werden. ... Am Ende kostet ein neues Smartphone in den Läden Westeuropas bis zu 700 Euro. Ein Arbeiter im Kongo bekommt allerdings lediglich ein paar Cent für seinen Beitrag in der Wertschöpfungskette. ...

https://www.diepresse.com/4906932/was-hat-mein-smartphone-mit-dem-burgerkrieg-im-kongo-zu-tun

M1 Online-Artikel aus dem Jahr 2016

3 Bereite eine Fishbowl-Diskussion zum Thema „Soll ich mir ein neues Smartphone kaufen?“ vor. Ergänze in der Tabelle Argumente, die du aus M1 gewonnen hast.

für den Kauf eines neuen Smartphones	gegen den Kauf einen neuen Smartphones

4 Führt die Diskussion durch.
Tipp: Ihr könnt im Schulbuch die Methodenseiten 262/263 nutzen.

Menschenrechte – Fallbeispiele untersuchen

1 Lies M1 und erkläre, was der Briefmarathon von Amnesty International ist.

Amnesty-Briefmarathon vom 1. bis 23. Dezember 2019 für zehn bedrohte jugendliche Aktivisten
Dieses Jahr ist ein Jahr der großen Protestbewegungen. Jugendliche Aktivistinnen und Aktivisten sind dabei so sichtbar wie nie. Trotz der Risiken für ihre Freiheit und ihr Leben, die in vielen Ländern bestehen, setzen sie sich für Gleichberechtigung, Meinungsfreiheit und für ihre Zukunft ein. Weltweit werden sie dafür verfolgt und eingesperrt. Zehn von ihnen widmet Amnesty International die größte Menschenrechtsaktion der Welt, die jedes Jahr rund um den Tag der Menschenrechte am 10. Dezember stattfindet: den Briefmarathon ...

https://www.amnesty.de/allgemein/pressemitteilung/deutschland-amnesty-briefmarathon-vom-1-bis-23-dezember-2019-fuer-zehn

M1 Protestaktion von amnesty international Jugend für Jugendliche, die sich für Menschenrechte einsetzen

2 a) Benenne die Menschenrechte, für die sich die Jugendlichen in den Fallbeispielen eingesetzt haben.
b) Zeige auf, gegen welche Menschenrechte gegenüber den Jugendlichen verstoßen wurde.
c) Begründe, warum es sich um Menschenrechtsverletzungen handelt.

- Meinungsfreiheit
- Gleichheit der Menschen an Würde und Rechten
- keine Verschleppung von Personen
- keine willkürliche Festnahme
- keine Diskriminierung von Frauen
- Recht auf Freiheit, Leben, Sicherheit, Schutz der Wohnung

Fall 1: Sarah Mardini und Seán Binder aus Griechenland
arbeiteten für eine Flüchtlingshilfsorganisation auf Lesbos – wegen dieses Einsatzes drohen ihnen bis zu 25 Jahre Haft.
„Humanitäre Hilfe ist weder kriminell noch heldenhaft", erklärt Seán. „Anderen zu helfen, sollte völlig normal sein." Sarah Mardini (24) und Seán Binder (25) hatten vor der griechischen Insel Lesbos nach Booten in Seenot Ausschau gehalten, um sich um mögliche Schiffbrüchige zu kümmern. Im August 2018 wurden Sarah und Seán festgenommen und kamen erst nach mehr als 100 Tagen Untersuchungshaft gegen Kaution wieder frei. Die Behörden werfen den beiden Spionage, Schlepperei und Mitgliedschaft in einem kriminellen Netzwerk vor.

https://www.amnesty.de/mitmachen/petition/leben-retten-ist-kein-verbrechen

Einsatz für Menschenrechte:

Verletzte Menschenrechte:

Begründung:

Erreichen wir grenzenlose Sicherheit?

Fall 2: Yasaman Aryani aus dem Iran
hat es gewagt, am 8. März 2019, dem Internationalen Frauentag, gegen den Kopftuchzwang im Iran zu protestieren. Mit unbedeckten Haaren verteilte die 24-Jährige zusammen mit ihrer Mutter ... Blumen an die weiblichen Fahrgäste einer Teheraner U-Bahn. Ein Video der Aktion zeigt, wie sie einer Frau mit Kopftuch eine Blume gibt und sagt, sie hoffe, eines Tages mit ihr durch die Straßen gehen zu können, „ich ohne Kopftuch und du mit". Das Video verbreitete sich schnell in den sozialen Medien. Doch der Staat duldet keinerlei Kritik ... Einen Monat später wurde Yasaman Aryani inhaftiert und intensiv verhört. Sie sollte gestehen, dass „ausländische Elemente" sie angestiftet hätten, und ihr Verhalten „bereuen". Andernfalls würden ihre Freund_innen und Familienmitglieder festgenommen. Keine leere Drohung: Auch ihre Mutter wurde inhaftiert. Am 31. Juli 2019 verurteilte ein Gericht Yasaman Aryani und ihre Mutter zu 16 Jahren Gefängnis ...

www.amnesty.ch/de/mitmachen/briefe-schreiben/briefmarathon/jahre/2019/16-jahre-haft-fuer-eine-poetische-protestaktion

Einsatz für Menschenrechte:

Verletzte Menschenrechte:

Begründung:

Fall 3: Nasu Abdulaziz aus Nigeria
... ist obdachlos. Nasu lebte in Otodo Gbame am Ufer der Lagune von Lagos. Doch im November 2016 zündeten bewaffnete Männer ohne jede Vorwarnung Häuser in der Siedlung an und walzten sie mit Bulldozern nieder. Tausende Menschen wurden vertrieben und verloren ihre Lebensgrundlage. Die Zwangsräumung im Auftrag der Regierung war rechtswidrig. Trotzdem wurde sie nur wenige Monate später fortgesetzt: Eine spezielle Eingreiftruppe des Bundesstaates Lagos setzte Schusswaffen und Tränengas gegen die verbliebenen Bewohner_innen ein. Viele ergriffen die Flucht, einige sprangen aus Panik in die Lagune und ertranken. Nasu wurde selbst angeschossen, verlor sein Zuhause und kämpft für das Recht auf Wohnen. Er hat sich der „Nigerian Slum/Informal Settlement Federation" angeschlossen. Die Bewegung unterstützt Menschen wie ihn im Kampf für ihre Rechte und ein Leben in Würde.

https://www.amnesty.de/mitmachen/petition/obdachlos-gewaltsam-vom-staat-vertrieben

Einsatz für Menschenrechte:

Verletzte Menschenrechte:

Begründung:

Internationale Konflikte – die eigene Meinung vertreten

M1 Karikatur von Paul Brassell

1. Beschrifte Elemente der Karikatur.
2. Formuliere die Hauptaussage der Karikatur. Worin sieht der Karikaturist die Ursache für internationale Konflikte?

3. Nimm Stellung zur Aussage der Karikatur und stelle dar, warum deiner Meinung nach internationale Konflikte entstehen bzw. ungelöst bleiben. Nutze die Informationen aus deinem Schulbuch.

Meinung formulieren und begründen
Ich bin der Meinung, dass ... , weil ...
Ich finde, dass ... , denn ...
Meiner Ansicht nach ... , da ...
Ich bin der Überzeugung, dass ..., weil ...

widersprechen
Ich möchte widersprechen, weil ...
Das sehe ich anders, denn ...
Ich bin anderer Meinung, weil ...

zustimmen
Ich bin der gleichen Meinung, weil ...
Ich bin auch der Ansicht, dass ..., denn
Dieser Meinung schließe ich mich an, da ...

Schulbuchseiten 298/299